KB053884

벌레 한 마리의 시

벌레 한 마리의 시

초판 1쇄 발행 | 2021년 10월 29일

지은이 | 김승립
펴낸이 | 황규관

펴낸곳 | (주)삶창
출판등록 | 2010년 11월 30일 제2010-000168호
주소 | 04149 서울시 마포구 대흥로 84-6, 302호
전화 | 02-848-3097
팩스 | 02-848-3094

* 이 책의 내용의 전부 또는 일부를 재사용하려면
 반드시 지은이와 삶창 양측의 동의를 받아야 합니다.
* 책값은 뒤표지에 표시되어 있습니다.
* 이 책은 제주특별자치도와 제주문화예술재단의 2021년도
 제주문화예술지원사업 후원을 받아 발간되었습니다.

벌레 한 마리의 시

김
승
립

시
집

삶창

밤새 뒤척이다가

오래 묵혀두었던 연서를 이제야 띄운다

이 또한 헛된 일일 수 있음을 모르지 않지만

어쩌면 이 또한 무책임한 죄일 수 있지만

만 리 밖 그대에게

젖은 노을 한 자락으로라도

이 먹먹한 심사가 조금이라도

아주 조금이라도

닿았으면 한다

미안하다 그대여

용서하시라

2021년 상달에

차례

1
부

———————

사랑의 이름으로

우리가 사랑을 꿈꾸지 않더라도
비는 내리지 우리가 사랑으로
만나지 않더라도 꽃은 피고
바람은 발걸음을 살금살금 옮겨놓지
우리가 누군가의 이름을 불러주지 않더라도
있는 자리에서 사물들은
제 힘껏 삶을 살아나가지
그러나 친구여, 세상 쓸쓸함과
고뇌, 안개 낀 날의 방황
갯벌에 처박혀 있는 폐선과도 같이
외톨로 상처 입는 사람들
우리가 어깨 걸고 볼 부비며
허름한 사랑 한 조각
나눠 가질 수 있다면
세상은 조금씩 추위를 벗으리
비는 아주 맛있게 내리고
꽃들은 황홀하게 비의 숨결에 취하며
바람은 크고 따뜻한 손길로 모든 것을 쓰다듬으리

친구여, 사랑의 이름으로 우리가
서로를 불러준다면

벌레 한 마리의 시

들녘, 아직 추위 강파른데
어디선가 벌레 한 마리
움 열고 대가리를 내민다
칼바람조차 아무렇지 않은 듯
한 줌 온기의 작은 몸짓으로
꽝꽝 언 땅을 씩씩 밀어낸다
저 무모함!
오랜 잠에 묶여 있던 어린 풀씨들
한 마리 벌레의 대책 없는 꼼지락거림에
간지럼 타며 아아아 기지개 켠다
온 세상이 그만 봄빛으로 가득하다
나, 그대에게 벌레 한 마리의
온기를 전해주고 싶다
지구를 온통 파랗게 뒤흔들어놓는
무모한, 썩지 않는 사랑을

라라에게

사랑이여, 나는 너를 꿈꾼다
모든 생명 있는 것들 가을로 돌아설 때
기척 없이 너는 물처럼 스며들고
사랑이여, 이미 늙어버린 길 위에서
타박타박 발바닥 품이나 파는 生
연둣빛 바람 한 자락에 묻어
너는 눈부신 생기를 실어 나른다
사랑이여, 가끔씩 너는 비로 내리고
비 맞는 마음은 비가 되어 흐느끼지
그러나 사랑이여, 내가 널 꿈꾸기 전
너는 빛처럼 햇살처럼 다가서는가
젖은 마음 네 은밀한 숨결 닿으면
목숨은 마침내 떨기 떨기 꽃으로
꽃으로 벙근다, 사랑이여

라라를 위하여

일생의 가을을 맞으러
신새벽, 너는 숲으로 간다
간밤 바람이 전해준 그리움
떡갈나무 잎새마다 내려와
가벼이 물방울을 튕겨내고
네 맑은 눈동자에 비로소
한 세상은 깨어나 기지개를 켠다
오랜 숲의 친구들이여
흙과 바람과 햇볕과 공기
또는 꿈꾸는 요정들
네 조그만 맨발에 정성껏 입 맞추고
네 길고 여린 손가락의 마법으로
신새벽, 부리가 빨간 새들이
일생의 가을을 풀어내며
포롱 포롱 포롱 날아오른다
세상의 모든 숲에서

무지개

참으로 미안스럽게도
보여줄 수 있는 사랑은 많지 않습니다
당신이 잠든 창가에
깊은 밤 잠시 머물다 가는 비
여명을 열어젖히며 희읍히 밝아오는 빛
불볕 여름 대낮의 낮게 깔리는 플라타너스 그늘
가을 산 그리메 소리 없이 지는 낙엽 같은 것들
정말 아쉽지만 보여줄 수 있는 사랑은 훨씬 적습니다
당신의 몸이 가끔씩 머무른 뒤안길
모퉁이 사이로 떠나가는 노을의 희미한 뒷모습
언덕 위 소성당 은은히 퍼지는 가난한 종소리
다음 날 아침 먼 곳의 소식처럼 내리는 눈발들
아니, 정작 보여줄 수 있는 사랑은 아예 없는지도 모
릅니다
있다면 당신이 한없는 외로움에 떨 때
등 뒤에서 가만히 바라보는 내 젖은 눈망울이거나
주저주저 겨우 내미는 빈 손길
바람 불어와 당신의 옷깃 흔들리면

살며시 패는 이마 주름
어느 날 찬란하게 솟아났다 사라지는
무지개 같은 것이겠지요

불씨

초빙(初氷) 무렵
어둠은 깊고 날은 추워서
그대와 내가 떨어져 서 있는 거리만큼
미미한 체온의 기미만으로
서로를 겨우 확인할 때
느닷없이 그대가 내어준
입술의 불꽃!
그 순간은 아마도 먼 곳 시린 별빛조차
그대와 나의 둥그런 어깨에 내려와
잠시 숨을 가다듬었을 게다
운명이라 말할 수는 없겠지만
울울불락(鬱鬱不樂)의 날에도
내가 융융(融融)한 미소를 그나마 간직할 수 있는 건
그때의 불씨가 내 푸른 정맥 속
가없이 흘러 늘 처음처럼
불을 지피기 때문이라고 나는 믿는다

군고구마

첫눈 오는 날

따끈따끈하게 잘 익은

군고구마가 되어

너의 시린 두 손에

나를 온전히 쥐여주고 싶었다

서둘지 않아도

서둘지 않아도 잎새들은
저를 피워낸 나무와 결별을 한다
서둘지 않아도 태양은 긴 그림자를
남길 것이며
때로는 나뭇가지에 대롱대롱
매달려 있기도 할 것이다
서둘지 않아도 바람은
가다가 돌아오며
먼저 간 바람의 소식도 간간이 전해줄 것이다
누군가는 아무도 들어본 적 없는 바람의
맨얼굴을 볼 수도 있을 것이다
서둘지 않아도
흰 눈의 군단이 텅 빈 하늘을
수놓는 것을 보라 어디선가는
이름을 접은 새 한 마리
비스듬히 세상을 그으며 날아가기도 할 것이다
그러나 언 땅 밑에서도 물은 소리 없이 흐르고
물의 꿈이 앙상한 나무들을 여전히 서 있게 한다

서둘지 않아도 잎새들이 나무들과 결별한

그 자리에 새롭게 움이 돋아날 것이다

가을볕

물빛 부수며 흘러가는
나뭇잎 한 자락에도 쓸쓸함으로
아파하는 그대여
등 뒤로 가을볕 오롯이 기울고 있다 하여
어깨를 움츠리지 마라
아직은 그리 쉽게 사위어갈 때가 아니거늘
불볕 뜨거운 삶만이 생의 가치를 증거하는 것이
아니다 외려 가슴에 은은히 타오르는
그리움의 잉걸불이 오래 멀리

따스함을 나누거니

바삐 걸음 재촉하는 바람의 어깨라도
잠시 잡아채어 술잔도 기울이고
겸허하게 자기를 접는 잎새들에도
저 우렁우렁 울리는 가을볕 몇 점 나눠 주어
진실로 붉게 물드는 황홀을 느끼게 하자꾸나
그리하여 우리도 가을볕처럼 제 몫만큼의
생을 충분히 익게 하자꾸나

어메이징 그레이스

눈은 내려서
들판에 쌓이고 강을 얼어붙게 하고
강바닥의 고요를 더욱 고요하게 한다
둔덕 위에서 한쪽으로 쓸리는 갈대들이 숨죽여 운다
눈은 내려서 나뭇가지를 툭툭 끊어놓고
간간이 바람에 흩어지면서
새들의 시야가 아득히 흐려진다

눈은 내려서
길의 내장을 배배 꼬아
가난한 지붕들을 더욱 움츠리게 한다
길의 눈은 하얗게 어둡고
초라한 밥상에 둘러앉은 식구들의
완강한 침묵으로
추운 골목이 이빨을 앙다물고 있다

그러나 눈은 내리고 내려서
겨울나무를 더욱 튼튼하게 하고

우듬지 위 까마귀의 검은 눈동자를
더욱 빛나게 한다 까악 까악 까악
까마귀의 단말마에 산수유 열매가 빨갛게 익는다
산수유 열매 속 씨가 몸을 한 번 뒤틀더니
천지사방이 산수유 향기로 물든다

눈은 내리고 내려서
야트막한 처마에 안간힘으로 매달린
고드름을 더욱 투명하게 하고
남루를 비집고 아이들의 고사리손을 단단하게 쥐게
한다
고드름 속에서 아이들의 눈동자는 산수유 씨앗처럼
영글고
막다른 골목에서 아이들이 산수유꽃으로 피어난다
겨울 햇살이 아이들의 가지런한 이빨에 부딪칠 때
마다
산수유 열매 터지는 소리가 온 골목에 가득하다

눈은 내려서
모든 추운 생명들을 뜨겁게 한다

햇덩이를 굴리는 아이들

햇살을 머금는 아이들아
햇덩이를 굴리는 아이들아
꾀벗고 맨살로 춤추는 아이들아

온 세상이 너희들의 길이로구나
들판마다 싱그러운 바람 가득 뛰놀고
생명의 물줄기 와와와 솟아난다
어제 떠난 것들 돌아와
꽃도 새도 짐승도 함께 얼려
한바탕 축제로구나

길이 아니면 어쩌랴
어둠이면 어쩌랴
어둠 넘어 햇덩이 숨겨져 있고
험한 산골짝에서도
햇덩이는 떠오르는 것을
아니, 너희들이 바로 길인 것을
햇덩이인 것을

햇덩이를 굴리는 아이들아
맨살의 가슴으로 사랑을 나누는 아이들아
너희들이 길이다
너희들이 법이다
너희들이 사랑이다
슬픔조차 보석인 아이들아

오래전 그대에게

그냥 말을 건네고 싶었을 뿐입니다

어떻게 지냈는지 아픈 덴 없는지 가끔은 내 생각도 했는지

사랑도 때로는 버거운 일이라 뒷덜미 스치는 바람처럼

모든 게 부질없음을 모르진 않았지만

그냥 어떤 말이라도 조금이나마 아주 조금이나마

그냥 나누고 싶었을 뿐입니다

정작 뱉어내지 못한 세월의 말들은

붉은 가슴 밑 횡격막 아래 담아두고라도

칠흑 동굴 속 뱀장어처럼 캄캄히 눈멀어

오로지 더듬이의 촉수로만 그대를 겨우 감지하겠지만

한천(寒天)에 피어난 장미의 방향(芳香)이나마 전하고 싶었던 것이지요

우리가 어느 별에서 만났는지

또한 어디쯤에서 인사도 없이 돌아섰는지 기억조차 아련해도

내가 건네는 말들이 어눌하나마 꽃을 피울 수 있다면

다만 겨울처럼 웃고 있는 그대에게

먼 곳에서 올라오는 화신(花信) 한 꼭지 보여주고 싶었을 뿐입니다

기막힌 시

미술관 자원봉사 가서
설치미술전 지킴이 하다가
관람객 안내하고 자리 돌아와보니
내 앉았던 의자
잠시 읽다가 놓아둔 산문집
나 대신 고즈넉이 앉아 있는데
하! 그게 기막힌 설치미술이더라

그러고 보니
오래전 바닷가 모래밭
그대 고요히 앉았던 그 자리
하! 그게 진짜 시였던 것인데
그때 숨죽이며 불어오던 바람 소리와
그대 눈동자 속 주춤주춤 지던 노을빛
이게 다 시였던 것인데

오래전 그곳 바닷가 모래밭
그대 앉았던 그 자리

물새들이 종종종 발자국을 찍던
그 따순 온기야말로
내 어쭙잖은 시 나부랭이 같은 건 턱도 없는
참 기막힌 시였는데!
진짜배기 시였는데!

비

비는 서로 몸을 섞지 못 한다
지척 간에도 오리무중이다
오종종 조막손을 힘겹게 내밀지만
쉼표 하나의 간격도 무한대이다
비는 비끼리 몸을 섞지 못 한다
간혹 마음의 모스부호를 띄울 뿐
닿지 않을 그리움으로
슬프게 젖어서 산다
비는 비끼리 몸을 섞지 못 하지만
그러나 오랜 그리움으로
풀잎을 적시고 마른 나무들을
적시고 온 세상의 목마름을 채우므로
비로소 한 몸으로 섞여 흐른다

존재의 이유

가령, 네 눈물 같은 거
삶이 버거울 때, 입술 깨물다가
간신히 방울방울 맺히는
보석 같은 거

사랑해본 일이 있는가

가령, 네 콧등의 뾰루지 같은 거
예고 없이 불현듯 돋아
귀찮게 삶을 간지럽히는
확증(確證) 같은 거

사랑해본 일이 있는가

꽃은 외려 바람의 시샘으로 피어나는 법
언뜻 흐리다 개고
다시 흐려지는
네 마음의 풍경

사랑해본 일이 있는가

뜨락에 비 듣고
꽃잎 파르르 떨릴 때
비로소 꽃잎으로 눈뜨는
네 순결한 성(性)의 깊이

2
부

배경

당신은 늘 배경으로 앉아 있다
멀리서 물소리가 들린다
해가 설핏 기울고 나뭇가지들이
서쪽으로 몸 돌리는 시간
비로소 새들은 날개를 접고 보금자리를 튼다

그래도 당신은 배경으로 남아 있다
배경 속에는 간혹 흐리고 등 뒤로
비가 내리기도 한다
어떤 슬픔도 함께 젖는다

언젠가 당신의 무거운 그림자를 본 적이 있다
헐겁고 초라한 표정이었다
때로 그림자를 가만히 흔들면
수많은 새 떼들이 우르르 쏟아져
온 하늘을 수놓기도 했다
그 아아로운 비상이라니

이제 새들은 더 이상 둥지를 틀지 않지만
당신은 끝끝내 배경으로 남아 있다
배경 위로 낮은 바람이 불고 잠시
내려앉는 새들이 보인다
마른 들판에서조차
당신의 배경이 몰아오는 그리운 물소리
세상의 귀가 환하게 트인다

대설주의보 1

수도관이 얼었다 물이

끊긴 지 사흘째

세상이 꽁꽁 갇히고 그나마

전세로 든 방주 한 척 어눌한

표정으로 뎅그마니 떠 있다

무연한 눈빛의 아내와

두 어린 새끼들 가난의

긴 골목길을 돌아 아내는

암탉이 지 새끼들에게 모이를 쪼이듯

물 얻어 길어 나르고 어린것들

고해(苦海)의 눈보라 속에서도

마냥 신이 나 눈 뭉쳐

주먹감자를 먹이는데 어디선가

길고 낮은 휘파람 소리

언뜻 영하의 찬 하늘을 가르며

날아가는 새의 이상한 눈빛을 본 것도 같다

대설주의보 2

사막을 왼종일 걸어가는
낙타에게도 이유는 있으리라
폭포수를 거슬러 오르는
연어의 눈빛에도 이유는 있으리라
들입다 쏟아붓는 눈보라에도
분명 이유는 있으리라
유리창에 부딪쳐 흔적 없이 사라지는 눈발에도
처마 끝에 안간힘으로 매달린 고드름에도
이유는 있으리라
알 수 없는 분노에도 이유가 있듯
영문 모를 그리움에도 이유가 있듯
겨울나무의 가지들을 툭툭
무차별 부러뜨리는 난바람과
난바람을 달래며 감싸 안으며
어린 새 새끼들을 키우는
잡목 숲의 적막한 어디쯤 꼭꼭 숨겨놓은 온기에도
그렇다, 이유는 있으리라

가을

어제는 털머위꽃이 세상을 노랗게 물들이더만
오늘은 아왜나무 잎사귀 끝동에 붉게 물이 오른다
궁릉은 아득하여
일찍이 떠나간 이들은 돌아오지 않으니
누군가는 그리움으로 단풍 들고
누군가는 슬픔의 무게를 이기지 못해 몇 장의 낙엽
을 떨군다
우주가 잠시 기우뚱거린 것도 같다
궁리는 언제나 답이 없는지라
새벽 찬물로 아둔한 마음을 씻어내니
일그러진 사랑조차도 명경지수다
누항에 살면서 어찌 회한이 없으랴
슬픔도 차곡차곡 쌓으면 풍경이 장려하다
삼 년 묵힌 장독 열듯 묵혔던 마음 내려놓으니
몇 소절 바람에 실려 저 아득한 가을 하늘도
짐짓 내려와 쉬어갈 만도 하다

권정생 살던 옛집

산수유나무 몇 주 불 밝히고 있었다
경상북도 안동시 일직면 조탑리
강아지똥 무더기 같은 오두막
소눈깔을 한 주인은 오래전 마실 가서
여직껏 돌아오지 않았다
문설주 위 겹종이에 적어놓은 이름자와
갓 읽다 두고 간 흔적인 양
앉은뱅이책상 흐트러진 책 몇 권만이
그가 살다 간 숨결을 증명하고 있었다

평생을 가난과 병마에 시달리며
강아지똥처럼 살다 간 사람
그가 반평생을 종지기로 헌신했으나
시방 그의 소리를 잃어버린 교회당이
고즈넉이 오두막을 엿보고 있을 뿐
그가 간 곳이 어디쯤인지조차 가늠할 수 없었다

시궁창에 떨어져 썩어가는 똘배처럼 살면서도

더없이 그윽한 향기를 남기고 간 사람

가장 낮은 자리에서도 이름자[正生] 같은 삶을 꿈꾸
었기에

스스로의 육신을 부수고 영혼의 거름이 되어

온 세상 민들레 꽃씨를 퍼뜨리고 간 사람

마지막 골분(骨粉) 마저 뒷동산에 뿌려

까마귀 밥을 남기고 표표히 떠난 사람

그가 떠난 빈자리

까마귀밥 붉은 열매가

이슬 달고 고요히 빛나고 있었다

밥심

간밤
비바람에 벚꽃들 산화(散花)하다

하르르 꽃잎 날리면서
봄날 몇 밤 화려하게 불 밝히더니
오늘은 흐린 날 인상처럼
구죽죽이 처참한 몰골이다

잔해의 풍경 사이로
밥튀기나무 오롯이 붉다

비바람 거세게 몰아쳤어도
볼따구니에 다닥다닥 붙은 밥티 꽃잎
외려 흐린 세상 은은히 불 밝히다

어린 날 끼니 거를 적
내 어머니 눈물로 먹여주던 그 밥 알갱이들
이리 벅차다

삶이 아무리 힘겨워도
사람은 밥심으로 사는 것이라고
어머니 당신 밥그릇 덜어가며 말씀하셨지

스산한 봄날 밥튀기나무 찬연한 꽃잎 바라보면
나를 살린 밥심이
어머니 눈물로 버무린 사랑이었음을
새삼 알겠네

마음의 죽(粥)

겨울나무 마른 가지 위에
헐벗은 마음 매달아
매서운 바람도 쐴려 보내고
더러는 슬프게 내려앉는
눈송이 몇 개도 머물게 하여
한기 하나로 이 세상
보고자 했거니

마음은 어느덧 손가락마다
잎 달고 간간이 비치는
햇살 감싸 안으며
고개를 내미는구나

요놈! 마음아 게 섰거라
매질을 하고 등덜미 낚아채도
마음은 움켜잡은 손가락 사이
빠져나가는 물인가
대책 없이 배롱거리며

무한천공 날아오르는구나

초파일

햇살 부시다

일곱 살 배앓이할 때
햇살 잘 드는 툇마루 앉아 어린 나를
당신 무릎에 눕히시곤
천수경 읊조리며 배 쓰다듬던
어머니 손길 같다

아무것도 모르면서 그저
어머니 독경 소리 따라
새 새끼처럼 나무아미타불
나무아미타불 암송하곤 했었지

부처님 손길이
어디 따로 있었겠나

부처님 오신 날
저세상 계신 어머니 손길이 저리도 따스하다

풋것의 사랑

사랑하는 이여
내 풋것의 정념이 너를 베고 말았구나

풀잎에도 손이 베일 수 있다는 것을
어찌 생각지 못했는지

풋내음의 쌉싸름한 향에만 맘을 쏟아
날부추의 섬세한 날카로움에
그만 혀를 다칠 때도 있지 않았는가

벼락처럼 사랑이 왔다 해도
무모한 정념이 쏟아낸
다스려지지 않은 그 많은 말과 행위들
그것들은 네게 얼마나 무거운 짐이었으며
역겨운 소음이었을까

순수라고 믿어진 것들은
어쩌면 무지의 몫임에도

네게로 가는 햇살과 바람의 물결을
때때로 내가 막아선 것은 아니었나

사랑도 때로는 가만히 절여서
숨 죽여 놓아둘 필요가 있는 것을

내 사랑의 결곡함이
그냥 눈처럼 네 가슴을 적시리라 믿은 것은
허방의 위안이었다

사랑하는 이여
채 익지 못한 사랑이
너를 상하게 하고
그만 사랑을 무장무장 절벽으로 서게 하고 말았구
나

어떤 사랑

1

사랑이여
어눌한 말씀 몇 조각 기워내어
겨우 피워낸 꽃잎 같은 거
덧없는 바람결에 무시로 흩날리니
뻔뻔치 못한 가슴속에 차곡차곡
쌓이는 슬픔 같은 거

2

세상의 쓸쓸한 벽마다
네 생의 남루를 걸어둘 수 있게끔
네 슬픔의 무게를 오롯이 견디는
대못으로 박혀 있고자 했다
그러나
어쩌다가 나는

외려 너의 가슴에 깊숙이 박혀
네 영혼의 피를 철철 흘리게 하는
대못이 되었단 말인가

전등사

전등사 대웅전 추녀 귀에는
벌거벗은 여인상이 조각되어 있는데요
대웅전을 지은 목공이
자신을 배신하고 도망간 여인을 원망해
부처님의 도력 아래 평생 벌 받으라고
기원해서 만들어놨다는데요
그런데 왜 나는 자꾸만
그 목공이 떠난 여인을 못 잊어
외려 부처님의 공덕 안에서
온전히 지켜주려 했던 것이
아닌가 하는 생각이 드는지요

어쩌면 사랑하고 헤어지는 일이
봄날 벚꽃 피고 지는 것과도 같아
천년을 증거하고 싶었는지도 모르지만요

장엄

지난해 태풍에 쓰러진 고사목이
사십오도 기울기로 굳건히 하늘을 이고 있다.
여러 계절 잎새 하나 걸치지 않은 알몸으로
가지들이 쩡쩡하다
고사목 밑동으로부터 기어 올라온
호박 덩굴이 우듬지 바로 밑까지 뻗쳐 있다
쩡쩡한 가지에 줄기 늘어뜨리고 늙은 호박 하나
반공(半空)에 대롱대롱 매달려 있다
분별없는 까치들이 무시로 드나들건만
11월 아린 바람에도 떨어질 줄 모른다
그 아래 낙엽 쓸리는 골목길을 노파가 가고 있다.
구십도 접힌 허리와 주름 가득한 무표정의 얼굴엔
세월을 건너온 이력이 깊이 새겨져 있다
분주한 낙엽들이 몇 마장 길을 달려가고
몇 번의 바람이 다시 되돌아 부는 동안
노파는 낡은 유모차를 보행구 삼아
겨우 한 발짝을 떼어놓았을 뿐이다

생이 장엄하다

폭포

나를 어떤 정신으로 규정짓지 말라
난들 유연한 몸짓으로 부드럽게 흐르고 싶지 않았
으랴
산들바람 불면 산들바람으로
달빛 내려앉으면 달빛 쟁쟁이며
너나들이로 한 생을 구가하고 싶지 않았으랴
한 생의 굽이굽이 흐르다 보면
때로 어둠의 이빨에 뜯기기도 하고
또 자주 덫에 치여 제 모습을 유지하기도 힘들 터
누군들 상처를 훈장처럼 간직하고 싶었겠나
결코 지워서는 안 될 가슴속 붉은 표식
그것 하나 겨우 증명하려 할 뿐이니
오늘 내가 천 길 벼랑 아래
짐승처럼 온몸의 내장을 쏟아붓는 이유인 것이다

11월

불타버린 산 하나 내려와
나를 깨우네

이미 헐거워진 가죽 껍데기
벗어놓고 그만 내려서라고

세상 덧없이 빛나던 잎, 잎들
식은 들판에 맨발로 눕고

어디선가는 우리 발 담가
삶을 희롱하던 계곡 물소리도
문득 끊어지네

바람은 한기를 데불고
사방팔방 미망을 두드리는데

생각건대, 저 한기에 몸 그냥 내주면
정신은 눈매 곱게 세우고

차운 물소리로 돌아오리라

어떤 가을날

햇빛도 때로는
후미진 골방에 오도마니
처박혀 있고 싶은 걸지도 몰라
네가 떠나고
손꼽아 헤아려보는 세월
영혼처럼 손가락 마디도 다 닳아 없어지고
한 이십 년
다 그리지 못한 풍경 한 조각
그냥 호주머니에 구겨 넣기만 했지
그리움은 영영 폐기 처분될 수 없는
뇌관인 걸까
눈 흘길 하늘도 없이 애꿎은 바람의 등짝만
후려갈기는 마음이여
마음의 실핏줄 터져
무장무장 핏물 배어드는
시린 가을날
맨살에 예쁜 신발이라도 신겼으면

겨울 서정

숲은 온통 하얗게 눈을 뒤집어썼다

눈은 새의 발걸음으로 숲의 나뭇가지에
우듬지에 또는 오래 파인 옹이 사이에
가만히 내려앉는다

유순한 짐승처럼
나무들은 눈을 받아 안는다

눈이 숲을 부드럽게 감싸주는 것 같았다

가까이 다가가 숲의 문을 조금 열어보면
보인다, 눈이 나무를 껴안는 게 아니라
차라리 나무들이 눈을 보듬고 있는
크고 부드러운 사랑이

인적 끊어진 겨울 숲
나무들은 종교처럼 은밀하게

서로의 숨결을 주고받을 뿐
아무런 말이 없다

눈은 때때로 속수무책의 표정으로
자신의 몸을 나무 아래 가볍게 털어놓는다

저 경전과도 같은 고요 속
나도 적막처럼 가만히
깃들고 싶다

3
부

가자, 우리 그리운 숲으로

그리움 하나로 눈뜨는 숲이 있다
차운 눈발조차도 부드러이 잎새들에 스며들고
눈 비비며 깨어나는 멧새들의 날개 치는
소리에 아침 하늘 환하게 열리는

정정한 도끼날에도 순은의 햇살은 빛나고
우리 옛적 저고리에 밴 땀방울도
오직 사랑으로 일구어가는
청솔 그루터기마다 눈매 고운
웃음들이 넉넉히 자리하여
사람과 사람, 나무와 새 새끼들이 적의와 굴욕 없
이도
한세상 푸짐하게 껴안는

그리움 하나로 빛나는 숲이 있다
빈 들판에서 가축들 느리게 돌아오고
손길 주지 않아도 산나리들 무더기로 피어나
따로 희망의 약속 부질없는

저녁연기 속으로 지친 그림자들
안개처럼 녹아들고 억센 근육으로
새큼새큼 건강한 성(性) 피워내는

그리움 하나로 눈뜨는 숲이 있다
꾸미지 않아도 시가 항아리로 익어가고
생명이 생명으로만 타오르는 곳
그대여, 우리 그 숲으로 가자
그리하여 우리 태초에 지닌 맨살로
껴안고 살 부비며 덩실덩실 춤이나 추자
산 같은 그리움으로 한세상
맛있게 맛있게 꽃을 피우자

제주에 오면

제주에 오면
바다를 볼 일이다

햇볕 좋은 날
애월 바닷가나 월정 포구쯤에서
낡은 똑딱선에
(우리 삶은 적당히 낡은 것이 제격이다)
우리 낡고 구겨진 삶을 실어
먼바다로 나가면
쪽빛 물이랑 물이랑마다 비늘을 털며
퐁, 퐁, 퐁 궁구는 햇살과 함께 뛰놀 일이다

제주에 오면
바다와 만날 일이다

가끔씩 물결 드높고
사나운 바람이 머리칼을 죄 뜯어놓을지라도
(우리 삶은 조금씩 뜯겨져 껍데기를 벗는 게 좋다)

바다 깊은 곳에서 천년 전 그리움으로
밀려와 소용돌이치는 시원의 소리에
때 묻은 삶을 하얗게 하얗게 말릴 일이다

그리하여 제주에 오면
나를 지우고 인연도 지우고
더러는 삶도 잊어버리고는
쪽빛 제주 바다와 한가지로
푸르청청 푸르청청 흘러갈 일이다

제주 바람

친구여, 그대 혹여 제주에 오신다면

소박하나마 그냥 제주 바람 한 상 잘 차려 먹이고 싶
네

꽃구경도 좋고 이름난 맛집 식탐도 말리지 않겠지만

무엇보다 제주의 속살 샅샅이 보고자 한다면

무시로 들락귀는 바람 세례 마땅히 가슴 받이 해야
하지 않겠나

난바다 온통 갈아엎는 제주 바람에는 이 땅 통곡의
세월과

제주 사람들 일구어온 인고의 삶 마디마디 새겨져
있거든

친구여, 그대 정녕 제주를 그리워하신다면

이곳에 와 제주 바람 한 대접 허물없이 들이켜고 가
시게나

바람과 잎새

바람이 손을 흔들어
작은 잎새의 몸을
은근슬쩍 뒤집는다

바람은 늘 뒤켠만 지키는
잎새들이 안쓰러웠을 거야
세상 구경도 좀 시켜주고
맑은 햇볕에 멱도 감겨주고 싶었을 거야

잎새들이 온몸을 흔들면서
떼 지어 재롱춤을 춘다

잎새들은 자신의 씻긴 몸을
눈부시게 뽐내고 싶었을 거야
부드러운 손길의 크낙한 정을
온 세상에 전하고 싶었을 거야

바람과 잎새들이 펼쳐내는

절로 그렇게 이루어진

마음 세상의

싱그러운 아름다움

생기

영실천 단풍들은
지난 가을 제 몸을 활짝 피워내곤
팍팍한 삶의 길 지쳐
산 오르는 사람들에게
제 살 내주고
안쓰러운 마음도 내주고는
그냥 무연(憮然)하게 서 있다가
새봄이 와서
산 넘어 나들이 온 어린 바람 한 자락
데불고 동무를 하네
이뻐서 이뻐서 죽겠어
무등 태우고 볼 비비며
간지럼에 벙긋벙긋 웃다가
그만 가슴 깊은 곳 묻어두었던
설레임 도져 얼굴 살포시 물들이네

바람 한 자락이 피워내는
저 생기의 몸짓!

열애

입추 무렵
비 한 줄기 겨우 지나간 후
폭염 아래 고추잠자리들이 나른하게 짝짓기 하고
있다
아니 그것들은 서로 격렬하게 탐닉하고 있다
폭염의 빨간 햇볕도 아랑곳하지 않고
그보다 더 벌겋게 생을 구가하고 있지 않은가
세찬 빗발 아래서든 뜨거운 불볕 아래서든
나른하게와 격렬하게 사이
그냥 서로에게 절실히 포개져
스스로를 벌겋게 태우는 삶도 있는 것이다

머지않아 먼 산에 단풍 들겠다

경 (經)

눈덮힌 골짜기
무게 이기지 못해
억겁 시간 끊어내듯
쌓인 눈
툭 툭 무너지는
바위 아래

노란 복수초
환하게
꽃잎 벙글다

세상 잠시 멈추었다
개울 물
청아하게 흘러가는 소리에

경 (經) 한 구절
새로이
피어나다

시월

푸르름, 푸르름만 생인 줄 알았네
푸르름 속에서만
새가 날아오르는 줄 알았네

문득 차운 비 내리고
푸르름 덧없이 손을 흔들 때
외진 그늘 사이
수줍음 하나로 생생하게 피어나는
꽃불을 보겠네

가끔은 쓸쓸함이
생을 증거하는 것
찬란히 동터오는 아침이거나
햇살 눈부신 들판의 광휘만이
존재의 이유는 아닌 것을

산 그리매 천천히 나래를 접고
인간의 마을마다

처마 지붕들 제 스스로 낮아질 때
고요하게 불타오르며
고요의 이마를 두드리는
저 겸허한 잎새들의 마지막 손짓

비상은
참으로 날아오르는 것이 아니라
비워내기 위한 것임을 이제야 알겠네

아, 그 황홀!

흰털괭이눈

문득
그대가 그리워
눈밭 속 정처 없이 걸었습니다

아득히 천년도 전의
고요가 내려앉은
곶자왈 그늘 한 귀퉁이
하얗게 쌓인 눈두덕 사이로
흰털괭이눈이 노랗게
노랗게 꽃을 피웠습니다

봄은 아직 한참인데
흰털괭이눈 꽃잎이 술잔처럼
벌어져 나를 취하게 합니다
알 까고 나온 새 새끼의 주둥이 같은
노오란 꽃술이 내 그리움을 쪽쪽쪽 빱니다

천년의 고요가 그냥 다 환해집니다

그리움도 천년만큼 깊어지면
환장할 꽃 두세 송이쯤
피워낼 수 있을까요

눈물의 내력

― 시인 문충성

제주 바다 한 귀퉁이에는
울음 우는 바다의 끝 잡고
멀리 수평선 응시하는 눈동자가 있다

막막한 그리움으로 수평선 바라보다
끝내 바다 빛깔 닮아버린 눈물이 있다

캥캥 마른 조밭 노역 속에서
설운 우리네 아방 어멍
이야기 풀어내고

하늬바람 거슬러 날아오르는
겨울 까마귀의 날갯짓에서
아픈 사랑의 행로를 더듬다

때론 어둠 속에서 어둠 갈며
새 하늘 꿈꾸기도 하고
때론 역사의 아우성을 빚어

예지의 불화살을 날리던

그 눈물의 의미를 아는가

세상의 모든 덧없는 날들에도
가난한 사랑 엮어
푸르게 열려오는 아침 세상을
꿈꾸던 이여

제주 바다 푸른 가슴 열고 들어가면
더없는 그리움 상처로
눈물 눈물 수평선 바라보다
차라리 수평선으로 남아
돌하르방의 설화를 닮아버린 사람이 있다

그리하여 제주 바다는
오늘도 시퍼렇게 살아
생생한 비늘을 펄떡거린다

4
부

붉은 섬

무자년의 아침에도
여전히 태양은 붉게 떠올랐겠지

동백꽃은 의당 붉고
영산홍 그늘도 얼마간은 붉은 물이 들었을 게야

식민의 강고한 껍질 벗어던지고
내 나라 주인 꿈꾸던 사람들의
가슴 또한 설렘과 열정으로 붉었을 거야

그저 내 땅에서
정직한 노동으로 하루의 생계를 건사하고
새끼들의 천진한 웃음과 배곯지 않는 내일 기약하며
모어로 사랑 나누던,
이 땅의 서방 각시들 땀 밴 몸뚱어리도
뜨겁게 붉었어야 마땅한 일이지

사랑치고 붉지 않은 게 어디 있나

사랑에 어디 삿된 이념 따위 있었겠나

지는 노을조차 붉게 물들어야 제맛인 게고
때로는 보름달마저 붉게 물들 때가 있는 법

그런데 왜
무자년 그때의 권세들은
이 섬을 빨갱이 섬이라고
온통 불 싸지르고 무차별 살육의 총칼을 휘둘렀는가
왜! 왜! 왜!

검뉴울꽃

—진아영

검뉴울꽃을 아시는지요
서천꽃밭 어디쯤 시들면서 죽어가는 꽃이라지요

말모래기로 살아온 세월이었지요
야만의 총알이 내 턱을 사기그릇처럼 산산조각 낸
무자년 겨울로부터
사방 천지 분간 모르도록 한 세기 바뀌는 동안
무명천 꼭 졸라맨 채 근근이 숨어 섭생하면서
차마 죽지 못해 살아온 세월이었지요

설룬 제주 백성들에게 말을 건네고 싶었지만
누군들 끅끅대는 내 안의 말을 들을 수 있었겠습
니까
말모래기 할망이라고 보내는 연민의 눈길들에
손바닥선인장 가시처럼 온몸에 솟아나는
내 가슴의 한 어찌 전하고 싶지 않았겠는지요

저승 가는 길 아니더라도

84

꼭 검뉴울꽃같이 그냥 시들면서 살아온 세월이었
지요

그 겨울 하늬바람 속 두억시니 같은 토벌대
아무런 근본 없이 마을을 불태우고
사정없이 쏴대는 총탄에 가족 친지 다 죽고
홀로 턱 부서진 채 겨우 살아남아 말 끊어지니
피눈물 바다 같은 한 제대로 토해내지 못하지만
누군가에게라도 이 하얀 무명천의 이야기 전하고
싶었지요

내 제상(祭床)에 어찌 상식(上食)을 바라겠는지요
누가 광천 못 맑은 샘물이라도 한 그릇 적선할 수 있
다면
설룬 제주 백성들 다시 어둠의 세월 살지 않도록
바람 소리 파도 소리로라도 내 얘기 전해주길 바랄
뿐이지요
그러면 저승의 어느 강가 서천꽃밭에서라도 나는

검뉴울꽃으로나마 온전히 피어 있겠지요

이덕구의 숟가락

놋쇠 숟가락 하나로 남은 사내를 생각한다

금수저 흙수저 가릴 것 없이 압제 없는 세상을 꿈꾸
었던 사내
숟가락의 평등과 자유를 위하여 혁명의 길을 나선
사내

동에 번쩍 서에 번쩍 바람처럼 날래었다 하지
날개 달린 아기장수였다고도 했네

한라산 조릿대 같은 이 땅의 사람들이
삼삼오오 모여 앉아 따숩게 숟가락의 정 나누는
그런 밥상의 삶을 이루고자 했을 뿐인데

풍찬노숙의 가열찬 항쟁 끝
죽어 광장 십자가에 효수된 젊은 사령관
모가지 부러진
붉은 동백꽃 같았다 하네

누군가 조롱인지 위무인지 그의 가슴주머니
훈장처럼 숟가락을 꽂아놓았다 하지

조롱받은 나사렛 청년의
가시면류관처럼 빛나지는 않으나
마지막 그의 숟가락은 낮달처럼 하늘에 걸려
지지 않는 혁명을 떠올리게 하네

시방도 거센 바람 불어와 사방팔방
동백꽃 모가지 뚝뚝 떨어지는데

이 땅 어디선가는
그의 살아생전 형형한 눈빛 닮은
또 다른 동백꽃들 피어나
한세상 붉게 붉게 물들이고 있겠지

태극기

태극기가 바람에
펄럭입니다
하늘 높이 아름답게

펄럭입니다
일제의 사슬에서 해방된 날
거리거리마다 태극기가 물결쳤지요
관덕정 광장이나 신작로는 물론이고
올레 고샅길마다에도 남녀노소 할 것 없이
태극기의 물결은 장관(壯觀)이었지요

그런데 무자년 4·3 시절
낯설고 말 설은 서청 무리들이
태극기를 터무니없는 값으로 강매하면서
세간살이를 때려 부수고 빨갱이로 몰아붙이고는
매타작을 일삼았지요

그때 갓난애가 백발성성한 늙은이가 된 오늘

그때의 아수라 얼굴들이 또다시

태극기를 휘두르면서 국정농단으로 탄핵당한 이를
석방하라고

겨울 올림픽 남북한 공동 입장과 단일팀 구성이 종
북 행위라고

막 욕설을 날리네요 남북의 꽁꽁 얼어붙은 심장을

조금이라도 녹여 아우라지 강물로 흐르게 하려는
것을

태극기로 갈라치면서

태극기가 바람에

갈기갈기 찢어지네요

어떤 이력

국민학교 시절
사친회비 못 낸 아이들을 행정 직원이 호명했다
담임은 반장마저 안내어 학급의 명예를 실추시키고
자기 얼굴에 먹칠했다며 좆 나게 두드려 팼다
그러고는 정신이 썩었다며 국민교육헌장을 백 번
낭송하게 했다

중학교 시절
힘센 급우에게 막무가내로 코피 나게 얻어터졌다
녀석의 되도 않는 욕설에 반발했다는 것이다
퉁퉁 부은 얼굴로 교무실로 불려가 자초지종 진술
했으나
어떤 선생님도 녀석의 잘못을 꾸짖지 않고 그냥 침
묵했다
녀석의 애비가 중정 대공분실 간부라나 뭐라나

고등학교 시절
갑작스레 유신이 선포되고

그냥 민주주의와 한국적 민주주의가 왜 이렇게 다
르냐고 질문했다가
서울대 나왔다는 일반사회 교사에게 반국민으로 찍
혔다
일 년 내내 수업 시간만 되면 주인 의식 없는 놈이
라고
손님은 수업 받을 자격도 없다고 무지 욕을 해댔다

대학 시절
현역 해병대 장교가 지휘하는 군사교육 시간
갑자기 폭우가 쏟아지는데도 무리하게 교육 강행하
는데 반발하여
수업 거부 선동하였다가 교련 반대 데모자로 찍혀
기관에서 여러 차례 조사받고 사상을 증명해야만
했다

참으로 숨 막히게 찌질한 이력을 갖고 이 사회에서
아직도 부끄러움 씹으며 그냥저냥 먹고살고 있다

코흘리개 꼬마가 민국의 정규교육 과정을 거쳐
사회에 발을 내딛을 때까지 그 긴 이력 동안
대통령은 군인 출신 박 씨 성을 가진 한 사람이
줄곧 통치했다

우리는 우리에게 거듭 물어야 한다

—세월호 참사 3주기에 부쳐

바다는 푸르딩딩 말이 없다
수백의 무구한 어린 목숨들을 삼켜놓고도
맹골수도 바다는 무심히 흐를 뿐
아무런 대답이 없다
2014년 4월 16일
그날 무슨 일이 있었던가
남은 자들의 슬픔과 비탄
분노가 온 천지에 들끓었지만
정작 대답해야 할 우리들은
과연 무엇을 말하였는가

사월이 다시 와서
바다는 여전히 말이 없지만
흐드러지게 피어 있는 꽃들 사이로
우리는 더 이상 피지 못한 꽃들을 기억해야만 한다
우리가 강요한 순응과 복종의 헛된 가르침에
아이들은 목숨값으로 부당함을 증거했건만
우리들은 여전히 가만있는 건 아닌가

우리는 우리에게 지칠 수 없이

거듭 물어야 한다

잊지 않겠다고 했지만

과연 우리는 무엇을 잊지 않았는가

그날의 기억을 정녕 우리가 잊지 않는다면

우리는 별이 되어버린 목숨들에 진정으로 대답해야

만 한다

침묵의 울안에 가만히 웅크리지 말고

비탄의 도가니에서 결연히 뛰쳐나와

우리의 위선과 거짓, 불의와 무책임에 대해서

결단코 진실의 칼을 들이밀어야 한다

팽목항에서 광화문까지

이 나라 온 강산을 노란 리본으로 나부끼게 하고

우리의 양심을 아프게 두드려

광장의 촛불을 밝히도록 한 것은

사월 그 아이들이 목숨으로 요청한 지상명령이었다

그 명령은 한낱 거짓된 통치자를 끌어내리는 것으
로 끝나는 게 아니다
이 땅에 그득한 자본의 탐욕과 권부의 무책임을 준
엄하게 단죄하고
거짓에 기생하며 끊임없이 거짓을 복제하는 무리들
을 솎아내어
그들의 도저한 패악질을 도려내어야만 완수되는 것
임을
우리는 깨달아야 한다

그리하여 차디찬 바닷속 절규하던 하얀 손들이 기
어이
밤하늘 별이 되어 부릅뜬 눈 온 세상 비추는 진실의
의미를
이 사월에 다시 가슴속 불꽃으로 새겨두어야 한다
언제라도 캄캄한 어둠 속에서 세상을 깨우는
통곡 소리의 진실을 더는 외면하지 말고
밤을 하얗게 새워서라도 기필코 들어야 한다

더 이상 억울하고 아픈 죽음이 없게 하기 위하여
끝끝내 우리가 더불어 함께 살아가기 위하여

피가 내리는 마을

1

빈호아에 비가 내린다
빈호아에 내리는 비는 온통 붉다

　수십 년이 지나도록 기억과 증오의 자장가가 불리
는 마을
　"아가야, 이 말을 기억하거라. 적들이 우리를 폭탄
구덩이에 몰아넣고
　다 쏘아 죽였단다. 아가야, 너는 커서도 꼭 이 말을
기억하거라."

　증오를 잊지 않기 위해 '한국군 증오비'를 세워
　"하늘까지 닿을 죄악 만대를 기억하리라"고
　비문에 가슴에 혈맥에 새긴 마을

2

문명은 멀리 있었기에
이방의 군대가 주고 간 머큐로크롬
그 빨간약을 신의 선물로 여기던 마을
다치고 베인 상처는 물론
머리가 아파도 가슴이 아파도
오로지 빨간약만 바르던 마을

대대로 이어져온 땅 위에서
질끈 묶은 논(nòn) 하나로 따가운 햇볕을 버티고
비가 내리면 방나무 귀퉁이에서
감자를 찌고 느억맘 풀어낸 쌀국수 한 그릇에
노동의 시름을 풀어내던 마을

제국의 침탈로 젊은이들은 뿔뿔이 흩어졌고
온통 늙은이와 부녀자와 어린아이들만
온몸에 흙을 묻히고 흙에 기대어 살아가던 마을

그러나 전쟁의 포연 속에서도
언젠가 신의 뜻으로 평화가 와서
온 가족이 함께하기를 소망하며 미소 짓던 사람들
의 마을

3

1966년 12월 5일 미명의 시간
평온한 공기를 가르며 이방의 군대가 뱀처럼 스며
들었지
어제까지도 만나면 씬 짜오(Xin chào) 반갑게 인사를
나누던
아이들과 놀아주고 농사일도 거들고 군옥수수도 서
로 나눠먹었기에
친구라고 여겼던 그들, 아무런 이유 없이
잠이 덜 깬 마을 사람들 폭탄 구덩이에 몰아넣고는
총살하고 마을을 통째로 불 질렀지

아이도 임신부도 가리지 않고 수류탄을 터뜨리곤
수백 명 무차별 살육을 감행했네
어떤 적들은 앳된 처녀를 강간하고 배를 가르기도
했네
햇빛에 대검의 날이 푸르딩딩 반짝였고
누런 이를 드러내 웃는 적들도 있었다고 하지
전쟁은 어느덧 먼 산 너머로 사라졌다지만
켜켜이 쌓인 세월의 두께 속에서도
그때 흘렀던 핏물은 간신히 살아남은 이들의
가슴을 뚫고 가슴에서 솟아나와 강물처럼
강물처럼 흐르는구나

4

빈호아에 비가 내린다
빈호아에 내리는 비는 온통 붉다

반세기가 넘도록 붉은 비가 내리는 마을
빈호아에 내리는 비는 온통 핏빛이다

빈호아에 피가 내린다

베트남 피에타

　구덩이에 던져져 무차별 난사된 총탄에 찢겨진 살점과 핏물과 진흙탕 버무려진 채 너는, 어머니 배 밑에 깔려 이미 숨진 어미의 빈 젖만을 하염없이 빨고 있었지. 생후 6개월밖에 안 된 아기 도안응이아, 기억할 만한 나이가 아니었기에 그날의 살육과 공포를 말할 순 없지만, 그래도 사람들 위로 사람들이 포개지던 무게와 거기에 퍼붓던 악머구리 같던 총탄 소리는 어렴풋하나마 몸이 기억한다.

　어떻게든 너를 살리려던 어미의 희생으로 간신히 살아남았으나, 빗물에 스며든 탄약에 눈이 멀어버린 도안응이아, 아무것도 볼 수 없었지만 죽지 못해 버텨온 네 삶의 색깔은 오직 핏빛 한 가지였지. 더러운 전쟁은 벌써 끝났다지만, 배고픔 속 홀로 고구마와 물로 겨우 허기를 채우던 너의 세월은 고통과 설움 속 여전히 전쟁터였다.

　잠 속 세상 따로 없었지, 이웃들이 불러주는 자장가

세상이 곧 너의 세상이었네. "아가야, 이 말을 기억하
거라. 적들이 우리를 폭탄 구덩이에 몰아넣고 다 쏘아
죽였단다. 아가야, 너는 커서도 꼭 이 말을 기억하거
라" 그날의 핏물이 한평생 너의 혈관을 흘러 강물을 이
루었지. 귀로 열고 손끝으로 느끼는 세상, 네가 켜는 기
타 선율은 때로 그 강물소리를 닮기도 하지.

그러나 도안웅이아여, 삶은 여전히 곤고하고 더러
운 진창 세상에서도 한 가닥 그리움은 있어, 너를 감싸
품었던 어미의 마지막 숨결에 기댄 그리움은 끝끝내
살아남아 오늘 너는 평화를 노래하네.* 모든 더러운 전
쟁과 불의의 불길 속에 비탄과 슬픔은 끝나질 않아도,
세상의 모든 어머니가 죽음의 순간에도 아기를 보듬
어 젖줄을 물리기에, 너를 좇아 우리는 기꺼이 평화를
노래하네.

* 1966년 한국군에 의해 자행된 빈호아 마을 민간인 학살에서 기적적으로 살아난 도안옹이아는 기타 솜씨가 빼어난데, '자그마한 봄'이란 노래를 즐겨 부른다. 시린 계절을 지나 봄이 오기를 기다린다는 의미는 그의 '평화'에 대한 간절한 바람을 반영하는 듯하다. 그는 두 아이의 이름마저 '평화'를 갈망하는 뜻에서 '탄 빈(Thanh Binh, 淸平)', '빈 옌(Binh Yen, 平安)'라고 지었다.

용병

그는 훌륭한 병사였다
독충과 부비트랩 어디선가
자신을 은밀하게 노리는 저격병의
위험한 정글에서도
한 치의 두려움이 그에게는 없었다
가능한 한 적을 많이 죽이는 것만이
그에게는 최고선이었다
M16의 싸늘한 총신을 겨눌 때마다
그는 생의 희열을 느꼈다
적에게 관대하다는 것은
웃기는 일이었다
조국의 권위와 고귀한 이념을 파괴하려는
작고 꾀죄죄한 아시아인들은
모두 바퀴벌레에 지나지 않았다
녹색 베레모는 언제나 자랑스러웠다

전쟁이 끝나고 그는 서른 살이 넘어
제대를 하였다 그는 영웅이었지만

그가 군대 밖에서 할 수 있는 것은
아무것도 없었다
아내와 네 명의 자식이 자꾸 앓았지만
병원비는커녕 약값조차 댈 길 없었다
그는 잡지에 구직광고를 냈다
전 세계 어디에 가서라도
전투를 해줄 수 있으니
자기를 고용할 사람이 없느냐고
전쟁만이 그의 유일한 직업이었다
한 전쟁단체에 고용되어
그는 아프리카로 갔다
그는 프로였지만 재수가 없어서
사흘 만에 적의 포로가 되었고
전범으로 사형이 선고되었다
그가 오래 믿고 신봉했던
그의 위대한 조국도 끝내 그를 구해주진 못했다

1976년 7월

불행한 유족과 3만 달러의 빚을
훈장과 함께 남기고
그는 이 세상에서 아주 쫓겨나고 말았다
아메리칸 코만도
다니엘 기어하트

꽃을 피우지 않는 까닭

엊그제 전농로 왕벚나무들
화들짝 꽃들을 무작정 피우더니
사월 때아닌 비바람
기습적으로 몰아쳐
속수무책으로 흐득흐득 진다
벚꽃 지는 소리 온 땅에 캄캄하고
관능의 살피듬들이 너절하게 젖건만
세상은 벚꽃잔치 벌인다 호들갑이다
이건 순전히 철 지난 황색잡지 보면서
헛좆 꼴리는 얘기다

하기야 한 세기 비로소 종 치려 하는데도
그 끝도 보지 않은 채
지구촌 전체가 새 천 년이 왔다고 수선이니
숙연한 쓸쓸함은 아예 허용되지 않는다
쓸쓸함이나 종말은 꽃이 지는 것조차
우리 시대에는 반동이다
저물어가는 간이역도 버리고

종착역의 스러져가는 불빛도 팽개친 채
온통 휘황한 네온 밝히고
멈출 수 없이 달리는 기관차 같다

한번은 나도 어떤 식으로든지
꽃 피우고 싶었다
그러나 때로 숨을 고르고 뒤돌아서서
내 그림자의 쓸쓸함마저 위무할 수 없다면
차라리 피어나는 꽃봉오리조차 접고
한적한 그늘에서 생을 말릴 것이다

사랑의 사상

> 나는 박열의 본질을 잘 알고 있다
> 나는 그런 박열을 사랑하고 있다
> 그가 갖고 있는 모든 과실과 모든 결점을 넘어
> 나는 그를 사랑한다
> 재판관에게 말해두고자 한다
> 부디 우리를 함께 단두대에 세워달라
> 박열과 함께 죽는다면 나는 만족스러울 것이다
>
> ─가네코 후미코(金子文子)의 말

사랑은 그저 흐르는 강물이거나 나뭇가지에서
　나뭇가지로 부드럽게 옮겨 다니는 새와 같다고 생
각한 적이 있다
　때로 사상은 잘 벼린 칼날이거나
　그 칼날에도 베이지 않는 단단한 바위 같은 것이라
여긴 적도 있다

　오래전 식민지 열혈청년과 제국의 무적자(無籍者)
여인이 한데 얼려

제국 대법정에서 당당하게 맞짱 뜬 불꽃 눈빛을 응
시하니
외려 사랑이 강철이고 사상은 밤비처럼 스미는구나

왜 일찍이 깨닫지 못했을까
얼음 속에 피어 있는 꽃도 있을 테고
수억 년 바위에 새겨진 나뭇잎 화석도 있을 터
때로는 날아오르는 새의 여리디여린 날갯짓이
허공을 두 쪽으로 가르는 일도 없다 할 수 없을 터
이다

지금 나는 사랑의 사상에 중독된다

5
부

우리가, 끝끝내, 살아내야 할, 정든 땅,
이 길 위에서

아직은 캄캄한 새벽
결빙의 언 땅 밑에서 꿈틀대며
뒤척이며 흐르는 소리가 있다
역사 달려오고 달려가고 어정쩡하게
덧없이 부서지는 계절의 잔해 위에서
바람 소리 거세고 숨죽인 울음들
천지를 온통 뒤흔든다 해도
사랑하는 이여, 우리가 믿는 것은 깃발이거나
살빛 관능이거나 당치 않는 꿈이 아니다
겁먹은 눈으로 혹은 의혹의 손길로
사람들 외투 깃 세우며 종종걸음 자신의
생의 골목을 빠져나갈 때
사랑하는 이여, 땅 밑에서 만신창이 역사 아래서
우리가 믿는 것은 더러운 그리움이 아니라
헛된 위안의 장밋빛 약속이 아니라
시간의 굴레 속에서 이미 낡아버린 태양이 아니라
오래 돌보지 않았던 나목들 사이에서도
쉬지 않고 찰랑대는 흐느낌 있어

우리 메마른 가슴을 빛나게 적신다
동터오는 새벽은 그냥 그렇게
오는 것이 아님을 일찍이 우리가 알았거니
사랑하는 이여, 바래고 찌든 얼굴로
만날지라도 우리 거친 손 부여잡고
언 땅 깊숙이
질긴 생명의 물소리로 흐르자
다수운 사랑의 숨결로 흐르자
그리하여 우리들 생의 골목 아프게 아프게 지키자
우리가, 끝끝내, 살아내야 할, 정든 땅, 이 길 위에서

한가위의 시

신명이시여, 한가위가 돌아왔습니다
나무들은 몸을 풀어 가을 쪽으로 팔을 뻗고
그리운 사람들의 이름이 하늘에
별처럼 걸립니다
먼 곳에서 지친 사람들 돌아와
불볕 찬란함에 잊혔던 이 땅의
누추함이 잔해처럼 드러납니다
그러나 모여서 먹는 밥덩이의 진실만으로도
눈물은 기막히게 따스한 꽃 피웁니다
가진 것 없어도 축복입니다
잠시 슬픔도 접고 아픔도 지우고
거칠고 마른 손 서로 둥글게 잡으면
한세상 아름다움 환하게 열립니다

이제는 누군가를 불러야 할 때입니다
두려운 밤길 걸어오는 이
문 걸고 상처로 누워 있는 이
핏발 선 눈동자 가슴을 태우는 이

주눅 든 얼굴로 어깨를 움츠리는 이
모두들 불러 모아 강강술래로
한껏 돌아야 합니다
자라나는 아이들의 손가락마다 불 켜지고
한바탕 신명입니다

신명이시여, 앞산 머리에 십오야 만월이
둥두렷이 돋아 오르고 잎새들은
달빛에 흐덕지게 빛납니다
언젠가 잎새들도 지고 우리 가난한 마음 하나로
따수운 온기 나누겠지만
저 무량한 달빛 이 땅 낮은 곳곳에 걸어 다녀
넉넉한 사랑의 보자기로 우릴 감싸게 하소서

바람이 향기를 종소리로 울려 퍼지게 한다

거기 있었는가
땡볕 더위 피하느라
날마다 근처를 지났는데도
그 숲 그늘 언저리는 늘 고요했고
아무런 낌새도 나는 느끼지 못했다
그냥 퀴퀴한 몸 냄새나 맡으며
생은 참으로 무미(無味)한 것이라 생각했을 뿐이다

어느 날
댕강댕강 종소리가 올리기 전까진
모든 날들이 그저 그렇게 흘러가는 것이라 여겼고
잃어버린 사랑 몇 조각 힘겹게 되새기느라
스스로를 팽개치고 싶었는데

그런데 이 종소리는 무엇이란 말인가
먼저 귓바퀴를 간질이다
달팽이관을 울리면서 뇌리를 치더니
가슴 한복판까지 쎄하게 울리는

어디선가 바람이 가을 가을 불어오고 있었다
바람에 낯선 향기가 가득 피어나고 있었다
애시당초 거기 있는 줄도 몰랐는데
불 켠 듯 꽃댕강나무꽃들이 무더기별처럼 쏟아지는
게 아닌가
댕강 댕강 댕강 댕강
수백 수천의 손을 흔들어 갈바람이 종을 울리고 있
었다

아, 세상의 모든 향기는
누군가가 다른 누군가를 흔들어
종소리로 퍼지게 하는 것임을
꽃댕강나무꽃 향기를 맡으며 새삼 깨우쳤다

행여 내게서 한 줌 향기라도 맡을 수 있다면
어느 누군가가 나를 그만큼 애써 흔들어주었을 터
나도 이 생 어디쯤에서는

누군가를 정성껏 흔들어
한세상 좋은 향기를 퍼뜨릴 수 있었으면

그 배롱나무

간밤 무섭게 싹쓸바람 몰아쳐
웬만한 나무들 가지 꺾이고
어떤 나무는 밑둥치까지 그냥 넘어가고
사방 천지 꽃잎 시체들 수북이 쌓여
거센 비에 속수무책 젖기만 하는데

그 배롱나무
너무 가냘파 기대도 안 한 그 나무
여름 끝자락 세 갈래 줄기 분홍빛 꽃
소담하게 피웠는데
그 배롱나무
두 줄기 꼿꼿이 선 채 꽃잎들 산산이 흩어지고
가슴마저 무참히 베어졌거늘

그 배롱나무 한 줄기
그 사나운 비바람 온몸으로 받으며
땅바닥 가까이 하릴없이 제 몸 눕히더니
바닥의 죽음만은 완강히 거부하면서

끝끝내 꽃잎 한 장 떨구지 않고
본바탕 뿌리마저 지켜내는 게 아닌가

그 나무의 눈동자

봄 가고 여름 와서
나무들 신록의
푸르른 옷 한껏 뽐내는데

꽃은커녕
잎조차 채 피우지 못한
그 나무의 좁은 어깨 위로

바짝 마른하늘
설핏 기울더니 금방
무엇을 터뜨릴 것 같아

공기의 알맹이들 깨물면서
느닷없이
쏟아지는 비

숨어 있던 물기들이 한꺼번에
와와와 물의 끼를 드러내고

세상이 잠시 그 끼에 취해서
뱅글뱅글 춤추며
돌아가는데

그 나무, 비에
가슴 내주고 맨발도 내주고
오직 할 일이 그것뿐인 양
무연스런 표정을 하고
발꼬락지만 내려다보네

아직 땅에 스며들지 못하고
발아래 조그만 파문 일으키며
혼자 감장도는
물방울들

보는
그 나무의 무심한
눈동자처럼

그냥 그렇게 한세상 그윽할 수 있었으면……

마음을 잃다

먼 산을 오래 보고 푸르름 가까이해야
시력이 좋아진다고 전문가들 훈수 거들지만
몽골 같은 초원 사는 이들은 노년이 되어서도
정상적인 시력을 유지한다고 하지만
아무리 둘러봐도 먼 산이 보이질 않는다

멀리 내다볼 초원도 이미 사라지고 없다
보이는 것은 고층 빌딩과 콘크리트 성채인 아파트
같은 것들
기껏해야 뜰 앞의 관목 나부랭이이거나
이웃집 담벼락의 담쟁이뿐이다

옛 가객은 먼 산에 쌓인 눈의 선뜻한 차가움도
집 마당에서 짜릿하게 이마받이했다 하지만
어쩌다 방문하는 새들 지저귐조차
귓가에 들리지 않는 날이 더 많아졌다

마음의 눈도 멀어지는가

거실과 식탁 그리고 초인종 소리
고작 해야 동네 산책길에서 맴돌 뿐이다
티브이로 달 표면의 구멍도 헤아리면서
방아 찧는 옥토끼 얘기는 잃어 버렸다

그리움도 멀리 가지 못 한다
가슴을 쥐어짜보아도
정작 생각은 커피 한 잔의 시간 너머도 이르지 못
한다

어떻게 사랑을 할 것이랴
마음은 청맹과니가 되어
더 이상 사랑의 그림자 식별 못 하고
다가오는 발자국 소리조차 들을 수 없는데

상처

그대는 상처이다
늘 아리다
어루만질 수도 없고
씻어낼 수도 없이
나는 그냥 캄캄해진다
가끔씩 내 늑골 사이
그대는 바람으로 머물다 가지만
그대 추위의 한 끝도
나는 감싸질 못한다

차라리 나는 그대의 감옥에
갇힌다 머리칼 마냥 헝클어트리고
검댕이 묻힌 채 나는
조용히 나를 벗긴다
내 마음의 티끌들, 아니
빨간 혹덩이 덩이
그대 앞에 무연(憮然)히 꺼내보일 뿐이다

그러면 그대 비밀한 울음이
보이고 울음 속의 별들도 보이고
갑자기 그대 상처가 막
꽃 피어난다
세상이 온통 환하다

내 문드러진 상처를 열어
그대 어둔 마음에 몸 부비면
꽃불을 켜 들고
환한 상처로 달려오는
그대

지루한 상처

상처는 깊은 우물과도 같다
퍼내고 또 퍼내어도
바닥이 보이지 않는다

우물 속으로 들어가 온통 긁어내도
그것은 찐득한 어둠처럼 달라붙어 있다
은밀하게 샘솟는다

이 지루한 상처
그냥 커다란 바윗돌로 눌러 덮고 잠가버릴까
상처도 숨구멍이 있는데 그건 너무 진인하다
불길 사막에다 뉘어놓고 그냥 말려버릴까
아으 상처의 살 썩는 냄새는 더욱 기막히다

차라리 상처를 데불고 놀아보자
상처에 바퀴 달아주고 굴려보기
꽃단장하고 강강술래
혹은 서로 푸하푸하 물 먹이기

뜻밖에 상처가 깔깔대며 웃는다
아하, 상처란 놈도 지가 지루해서
여태껏 날 지루하게 했나 보다

마른 꽃

그는 우울한 얼굴로 걸려 있다
위인들의 데드마스크를 뜨고
엄숙한 표정으로 조상(弔喪)하던
문명의 날렵한 솜씨로
우리는 그의 생을 끊어놓고
채 자라지 못한 죽음을 찬양한다

그는 언제나 같은 모습으로 웃고 있다
얼마간 빛바래고 초라한
그의 웃음은 차라리 희극이다
향기 끊고 물기도 잠재우고
우리는 날로 말라가는 그의 모습이
얼마나 아름다운가를 예찬한다

그는 더 이상 살아 있지 않다
죽어 있지도 않다
중음신의 호곡조차 허락되지 않은 채
거꾸로 박혀 있는

사도 베드로의 꽃
우리는 기특한 눈으로 바라보며
우아한 담화와 식사를 즐긴다

우리들의 잔인한 미학이여 이데올로기여

문(門)에 대하여

오, 열리지 않는 문
서로 낯설어 바라볼 때
우리는 행복했느니

악수와 포옹에 길들어
빠르게 영혼을 바꾸고
얼굴 치장한 사랑은
얼마나 무잡(蕪雜)한 것이랴

닫힌 문 앞에서
너머 그리움 심어두고
안타까움의 나무 가꿀 때

키 오르는 나무 위로
바람 불고 아프게 비가 친다 해도
나무 밑 잠의 숨결은
꽃불을 밝혔느니

이제 우리 문을 잃고
서서 우네
오래된 낯섦 이미 없어져
데면데면한 얼굴로
우리 그렇게 서 있네
더욱 낯설어 막막하게
막막하게

벌레 한 마리의 사랑

김대현 문학평론가

1.

들녘, 아직 추위 강파른데
어디선가 벌레 한 마리
움 열고 대가리를 내민다
칼바람조차 아무렇지 않은 듯
한 줌 온기의 작은 몸짓으로
꽝꽝 언 땅을 씩씩 밀어낸다
저 무모함!
오랜 잠에 묶여 있던 어린 풀씨들
한 마리 벌레의 대책 없는 꼼지락거림에
간지럼 타며 아아아 기지개 켠다
온 세상이 그만 봄빛으로 가득하다

—「벌레 한 마리의 시」 부분

겨울의 이미지로 이야기를 시작하자. 이 시집에서 겨울은 (모두는 아니지만) 대체로 우리의 존재를 침습하는 압도적인 힘의 이미지로 재현된다. 대지는 얼어붙어 있으며 한기를 머금은 바람은 칼날이 되어 "겨울나무의 가지들을 툭툭"(「대설주의보 2」) 자른다. 사위를 압도하는 눈보라는 "길의 내장을 배배 꼬아／가난한 지붕들을 더욱 움츠리게 한다".(「어메이징 그레이스」) 자신 이외의 모든 것을 멈추게 하는 이 '냉혹한 장군(General Frost)'의 압제에서 저항을 포기한 우리는 아무것도 할 수 없다는 무력감과 함께 "전세로 든 방주"(「대설주의보 1」) 안에 갇힌 채 침묵을 택한다. 모두의 움직임을 가둔 겨울은 이대로 영원히 끝나지 않을 것처럼 보인다.

　하지만 그 안에도 아주 작은 움직임이 있다. "꽁꽁 언 땅"을 밀고 나가려는 "벌레 한 마리"의 움직임이다. 비교적 더 큰 힘을 가진 모두가 숨을 죽이고 있는 상황에서 이 미미한 움직임은 "무모함"의 다른 이름에 지나지 않는 것처럼 보인다. 그러나 시스템을 전복하는 모든 것이 그렇듯 혁명은 언제나 아주 사소한 움직임에서 시작된다. 스스로를 위험에 내몰면서도 자유를 갈급하는 "한 마리 벌레의 대책 없는 꼼지락거림"은 그동안 모두의 심연에 가라앉아 있던 무언가를 자극한다. 누군가에 대한 "간지럼"으로 표현된 이러한 감각의 전이는 "누군가가 다른 누군가를 흔들어/ 종소리로 퍼지게 하는"(「바람이 향기를 종소리로 울려 퍼지게 한다」) 정동의 연쇄가 되어 세상을 전복하는 연대의 힘으로 전화하기 때문이다. 이처럼 김승립 시인의 세계를 형성하는 가장 주요한 동인은 아주 작고 약한 힘이지만 가장 앞서 세계의 변혁을 추동하려는 "벌레 한 마리"의 움직임이다. 그는 먼발치에서 세상을 조망하는 독수리의 눈이 아니라 아등바등 살아가기 위해 바닥을 기는 벌레의 눈으로 세상을 본다.

> 시궁창에 떨어져 썩어가는 똘배처럼 살면서도
> 더없이 그윽한 향기를 남기고 간 사람
> 가장 낮은 자리에서도 이름자[正生] 같은 삶을 꿈꾸었기에
> 스스로의 육신을 부수고 영혼의 거름이 되어
> 온 세상 민들레 꽃씨를 퍼뜨리고 간 사람
> 마지막 골분(骨粉)마저 뒷동산에 뿌려
> 까마귀밥을 남기고 표표히 떠난 사람
>
> —「권정생 살던 옛집」 부분

그의 시는 그가 기리는 "권정생"의 삶에 기대어 "시궁창"이라는 언제나 "가장 낮은 자리"에서 "스스로의 육신을 부수고 영혼의 거름"이 되기를 바란다. "마지막 골분(骨粉)"까지 남기지 않고 공동체에 헌신하는 것이 그의 소

망이다. 물론 그 역시 다른 사람들처럼 "한번은 나도 어떤 식으로든지/ 꽃 피우고 싶"(「꽃을 피우지 않는 까닭」)다는 세속적 욕망을 바라지 않는 것은 아니다. 하지만 그는 그러지 못한다. 이유는 어렵지 않다. 시인이 지속적으로 이야기하고 있는 것처럼 그는 "날아오르는 새의 여리디여린 날갯짓이/ 허공을 두 쪽으로 가르는 일"처럼 사랑하는 사람 사이의 희생을 통해 불가능을 가능하게 하는 "사랑의 사상에 중독"(「사랑의 사상」)되어 있기 때문이다. 그래서 '사랑'은 시인의 세계를 구축하는 또 다른 근원이 된다.

요컨대 김승립 시의 형식을 결정하는 방법적 기초가 '벌레의 시선'이라면 시의 내용을 결정하는 이념적 토대는 '사랑'이라는 이야기다. 그의 시를 음미하기 위해서는 '사랑'에 대한 이해가 선행되어야 한다. 물론 그가 말하는 '사랑'을 한마디로 규정하는 일은 쉽지 않은 일이다. 사랑이란 본래 중층적인 개념이며 누군가의 "등 뒤에서 가만히 바라보는 내 젖은 눈망울"처럼 "정말 아쉽지만 보여줄 수 있는 사랑은 훨씬 적"(「무지개」)기 때문이다.

2.

김승립의 시에서 가장 두드러지게 나타나는 사랑의 양

상은 헌신과 희생이다. 그의 시에 나타나는 사랑은 사랑을 다룬 여타의 다른 시인들의 시편들과 달리 미적 범주로 분류하면 숭고에 가깝다. 물론 그가 우리가 익히 알고 있는 다른 종류의 사랑, 예컨대 "그러나 사랑이여, 내가 널 꿈꾸기 전/ 너는 빛처럼 햇살처럼 다가서는가"(「라라에게」)라는 연인 사이에 오가는 감미로운 밀어나 "느닷없이 그대가 내어준/ 입술의 불꽃"(「불씨」)처럼 신체성에 기반한 에로스적인 사랑을 다루지 않는 것은 아니다. 이는 때로 "채 익지 못한 사랑이/ 너를 상하게 하고"(「풋것의 사랑」) "외려 너의 가슴에 깊숙이 박혀/ 네 영혼의 피를 철철 흘리게 하는/ 대못이 되었단 말인가"(「어떤 사랑」)처럼 지나간 사랑에 대한 회한이나 그리움으로 나타나기도 한다. 하지만 이 역시 마찬가지다. 결국 사랑의 성패를 결정하는 것은 순간의 열정에 의한 일방적인 몰입이 아니라 상호작용에 기반한 이해를 통해 서로에 대한 헌신이라는 것을 시인은 말하고 있기 때문이다.

당신은 늘 배경으로 앉아 있다
멀리서 물소리가 들린다
해가 설핏 기울고 나뭇가지들이
서쪽으로 몸 돌리는 시간
비로소 새들은 날개를 접고 보금자리를 튼다

그래도 당신은 배경으로 남아 있다

배경 속에는 간혹 흐리고 등 뒤로

비가 내리기도 한다

어떤 슬픔도 함께 젖는다

언젠가 당신의 무거운 그림자를 본 적이 있다

헐겁고 초라한 표정이었다

때로 그림자를 가만히 흔들면

수많은 새 떼들이 우르르 쏟아져

온 하늘을 수놓기도 했다

그 아아로운 비상이라니

—「배경」 부분

　예컨대 이런 것이다. 어떤 이미지이든 간에 그려지는 것들은 함께 그려지는 것이 있다. 전경이 형성되는 순간 그 상보적인 형상으로 배경 또한 자동적으로 형성된다. 그 역도 마찬가지다. 배경이 존재하지 않으면 전경도 존재할 수 없다. 전경과 배경은 우열이 아니라 서로에게 자신의 존재의 일부를 유보하는 상보적인 개념이다. 사랑도 마찬가지다. 사랑으로 일어나는 충돌을 완충하기 위해서는 결국 누군가는 희생을 통해 한 걸음 물러서야 한다. 아무도 양보하지 않을 때가 바로 사랑의 파국이다. 그리고 물러서는 자의 헌신이 배경이 된다. 이는 사랑의 과정을 통해 연속적으로 교차하며 사랑의 지속을 담보한다. 사랑을 이어가는 것에 가장 주요한 요소는 언제나 전경이 아니라 배경에 있다.

시인이 전하고자 하는 것도 이런 종류의 깨달음이다. 인용한 시에서 "당신은 늘 배경으로 앉아 있다". 흐리거나 비가 와도 마찬가지다. "당신"이라는 배경을 두고 세상은 자신의 일들을 수행한다. "당신"은 세상이라는 무대에서 벌어지는 모든 일을 지켜본다. 이는 "당신"이 전경에 나서기를 바라지 않는다는 말이 아니다. "당신" 또한 삶의 무대에서 전경이 되어 세상으로 날아오르고 싶다. 하지만 그것은 가능하되 가능하지 않는 일이다. "당신"이라는 배경 아래 "수많은 새 떼들"이 겁먹은 몸으로 "둥지"를 틀고 있기 때문이다. 그래서 "당신"은 삶의 질량이 주는 "무거운 그림자"를 품에 안은 채 "헐겁고 초라한 표정"을 지을지라도 떠나지 않고 언제까지나 "배경"으로 남아있을 뿐이다. 그리고 '나'의 사랑의 배경이 되었던 "그대 앉았던 그 자리"가 "진짜배기 시"(「기막한 시」)였다는 것을 깨닫는 것은 항상 먼 후일의 일이다.

어린 날 끼니 거를 적

내 어머니 눈물로 먹여주던 그 밥 알갱이들

이리 벅차다

삶이 아무리 힘겨워도

사람은 밥심으로 사는 것이라고

어머니 당신 밥그릇 덜어가며 말씀하셨지

스산한 봄날 밥튀기나무 찬연한 꽃잎 바라보면

나를 살린 밥심이

어머니 눈물로 버무린 사랑이었음을

새삼 알겠네

―「밥심」 부분

    이런 의미에서 김승립 시에 나타나는 사랑의 헌신은 아이를 위해 조건 없이 모든 것을 희생하는 아가페적 사랑과 닮았다. "배앓이"를 하는 아이를 위해 하루 종일 "천수경 읊조리며 배 쓰다듬"어주던 "어머니"(「초파일」)의 손길이 바로 그러하다. 인용한 시에서 어머니는 '나'에게 "삶이 아무리 힘겨워도/ 사람은 밥심으로 사는 것"이라 말한다. 하지만 그 이후 어머니는 "당신 밥그릇 덜어" '나'의 밥그릇에 덜어준다. 어머니의 말과 행동에서 드러나는 이 선연한 모순이 바로 시인이 말하는 사랑의 본질이다. 자신의 몸을 공양하여 새의 목숨을 살리는 부처의 일화처럼 자신의 생명을 덜어 다른 사람을 살리는 궁극의 사랑. '제시할 수 없는 것을 제시하는 것'이 숭고의 본질이라는 칸트의 언명은 김승립이 기술하는 사랑에 내포되어 있는 숭고를 적확히 적시하고 있다.

3.

김승립의 시에 나타나는 또 하나의 주요한 사랑의 양상은 '제주'라는 지역성을 기반으로 한 공동체적 사랑이다. 앞서 언급한 사랑이 특정한 대상에 기초한 에로스 또는 아가페로서의 사랑이었다면 지금의 언급은 인류애를 바탕으로 "꽃도 새도 짐승도 함께 얼려/ 한바탕 축제"(「햇덩이를 굴리는 아이들」)를 벌임으로써 인간 보편에 적용되는 필리아로서의 사랑에 해당한다. 주목할 지점은 시인이 기술하는 이러한 공동체적 사랑의 양상이 대체로 제주 4·3 사건이라는 근현대 '제주'에서 벌어진 비극적 사건의 자장과 결부되어 "울음 우는 바다의 끝 잡고/ 멀리 수평선 응시하는 눈동자"(「눈물의 내력 – 시인 문충성」)라는 기록자의 형식으로 나타난다는 점에 있다.

설룬 제주 백성들에게 말을 건네고 싶었지만

누군들 끅끅대는 내 안의 말을 들을 수 있었겠습니까

말모래기 할망이라고 보내는 연민의 눈길들에

손바닥 선인장 가시처럼 온 몸에 솟아나는

내 가슴의 한 어찌 전하고 싶지 않았겠는지요

(…)

내 제상(祭床)에 어찌 상식(上食)을 바라겠는지요

누가 광천 못 맑은 샘물이라도 한 그릇 적선할 수 있다면

설룬 제주 백성들 다시 어둠의 세월 살지 않도록

바람 소리 파도 소리로라도 내 애기 전해주길 바랄 뿐이
지요

그러면 저승의 어느 강가 서천꽃밭에서라도 나는

검뉴울꽃으로나마 온전히 피어 있겠지요

　　　　　　　　　　　　—「검뉴울꽃 – 진아영」부분

　제주 4·3사건 당시 해녀로 일하다 군경의 발포로 인해
아래턱이 소실된 이른바 '무명천 할머니'의 삶을 다룬 「검
뉴울꽃–진아영」이 대표적이다. 해방을 전후하여 제주에
서 벌어진 이데올로기의 대립으로 인한 4·3 사건은 해당
지역의 사람들에게 여러 가지 방식으로 깊은 상흔을 새

겨놓았다. 무력 충돌 과정에서 벌어진 생명과 신체의 훼손은 물론, 그 이후 사건을 봉합하는 과정에서 진압 주체들의 과실을 은폐하기 위해 자의적으로 희생자와 주민들에게 좌익이라는 누명을 씌운 것이 그러하다. 이는 한국 전쟁 및 냉전과 맞물려 지금까지 희생자들이 사건에 대해 언급할 수 없는 족쇄가 되어왔다.

인용한 시에 등장하는 "말모래기 할망", 다시 말해 제주 방언으로 '벙어리 할머니'는 서러운 사연을 가지고 있어도 소리내어 말하지 못하는 제주를 대변한다. 그들은 자신들이 아무 죄 없이 희생되었다는 "말을 건네고 싶었지만" 그 소리는 "끅끅대는" 목울음과 함께 외부로 전달되지 못한다. 시인이 기록자를 자처하는 까닭은 이제 어렵지 않다. "바람 소리 파도 소리로라도 내 얘기 전해주길 바랄 뿐"이라는 언급처럼 비극의 희생자들이 그렇게 전하고 싶은 이야기를 다른 누군가에게 전달하고 어둠 속에 은폐된 그들의 존재를 오늘에 복원하는 것이 그러하다. 그것이 바로 김승립이 생각하는 시인의 역할이다.

물론 이는 4·3 제주라는 한정된 공동체에 국한된 것은 아니다. "빈호아에 내리는 비는 온통 핏빛이다"(「피가 내리는 마을」)라는 증언이나 "그날의 핏물이 한평생 너의 혈관을 흘러 강물을 이루었지"(「베트남 피에타」)라는 기록처럼 그는 자신이 소속된 한국이 베트남에서 벌인 끔찍한 가해의 양상도 세심하게 기록한다. 언어를 박탈당한 자들에 대한 그의 애정은 소속집단의 정체성을 손쉽게 도과한다. 시인의 국적은 언제나 희생자의 것이다.

> 그리하여 차디찬 바닷속 절규하던 하얀 손들이 기어이
> 밤하늘 별이 되어 부릅뜬 눈 온 세상 비추는 진실의 의미를
> 이 사월에 다시 가슴속 불꽃으로 새겨두어야 한다
> 언제라도 캄캄한 어둠속에서 세상을 깨우는
> 통곡 소리의 진실을 더는 외면하지 말고
> 밤을 하얗게 새워서라도 기필코 들어야 한다
> 더 이상 억울하고 아픈 죽음이 없게 하기 위하여
> 끝끝내 우리가 더불어 함께 살아가기 위하여
> —「우리는 우리에게 거듭 물어야 한다 - 세월호 참사 3주기에 붙여」 부분

시인이 세월호 참사를 가슴에 새기고 거듭 묻는 이유도 여기에 있다. 세월호 참사는 공동체를 관리하는 국가권력이 총체적 부실 상태에 있다는 것을 우리에게 확인해준 비극이다. 어린 학생들을 비롯한 수많은 사람들이 우리가 보는 앞에서 침몰해갔다. 국가는 우리를 보호하지 않으며 당신 또한 언제든지 가라앉는 배 안에 남겨질 수 있는 것이다. 그래서 시인은 "통곡 소리의 진실을 더

는 외면하지 말고/ 밤을 하얗게 세워서라도 기필코 들어야 한다"고 말한다. 이 헤아릴 수 없는 고통에 대한 청취의 의무에 시효는 없다. 이유는 간단하다. "세월호"라는 지칭은 단순히 가라앉은 배의 이름에 국한된 것이 아니라 지금 이 시간에도 소리 없이 가라앉고 있는 모든 작고 약한 것들의 이름이기 때문이다. 우리는 진실이 인양되기까지 거듭 물어야 한다. "더 이상 억울하고 아픈 죽음이 없게 하기 위하여/ 끝끝내 우리가 더불어 함께 살아가기 위하여" 아직은 그들의 소리를 들어야 한다. 공동체에 대한 그의 사랑이 비극적 사건을 경유해 우리에게 전해지는 까닭이기도 하다.

4.

　　나를 어떤 정신으로 규정짓지 말라

　　난들 유연한 몸짓으로 부드럽게 흐르고 싶지 않았으랴

　　산들바람 불면 산들바람으로

　　달빛 내려앉으면 달빛 쟁쟁이며

　　너나들이로 한 생을 구가하고 싶지 않았으랴

　　한 생의 굽이굽이 흐르다 보면

　　때로 어둠의 이빨에 뜯기기도 하고

또 자주 덫에 치여 제 모습을 유지하기도 힘들 터
누군들 상처를 훈장처럼 간직하고 싶었겠나
결코 지워서는 안 될 가슴속 붉은 표식
그것 하나 겨우 증명하려 할 뿐이니
오늘 내가 천 길 벼랑 아래
짐승처럼 온몸의 내장을 쏟아붓는 이유인 것이다

—「폭포」 전문

    다시 한번 정리하자. 그는 벌레의 눈으로 사랑을 이야기하는 시인이다. 하지만 그가 말하는 사랑은 다정하고 부드러운 사랑만은 아니다. 자신의 몸을 내어 타인에게 밥을 먹이는 사랑, 찢기고 피흘리는 타인의 고통을 눈물을 흘리며 기록하는 사랑이 시인의 사랑이다. "산들바람"이 불어오면 언제라도 "산들바람"이 될 수 있는 "유연한 몸짓"을 가지지 못한 그는 힘의 중심에 포획되지 않은 채 마지막까지 "반국민"(「어떤 이력」)으로 남는다. 그의 시를 추동하는 "결코 지워서는 안 될 가슴속 붉은 표식"이 언제까지나 그를 주변인으로 머무르게 하는 것이다. 그는 자신을 고통스럽게 하는 비극적 사건의 기억을 기꺼이 자신의 언어에 기입한다. 그리고 이는 고스란히 우리에게 질문으로 되돌아온다.

우리가 사랑을 꿈꾸지 않더라도

비는 내리지 우리가 사랑으로

만나지 않더라도 꽃은 피고

바람은 발걸음을 살금살금 옮겨놓지

우리가 누군가의 이름을 불러주지 않더라도

있는 자리에서 사물들은

제 힘껏 삶을 살아나가지

그러나 친구여, 세상 쓸쓸함과

고뇌, 안개 낀 날의 방황

갯벌에 처박혀 있는 폐선과도 같이

외홀로 상처 입는 사람들

우리가 어깨 겯고 볼 부비며

허름한 사랑 한 조각

나눠 가질 수 있다면

세상은 조금씩 추위를 벗으리

비는 아주 맛있게 내리고

꽃들은 황홀하게 비의 숨결에 취하며

바람은 크고 따뜻한 손길로 모든 것을 쓰다듬으리

친구여, 사랑의 이름으로 우리가

서로를 불러준다면

—「사랑의 이름으로」 전문

우리가 사랑을 말하지 않더라도 비는 내리고 바람은 불며 꽃은 핀다. 우리가 이름을 말하지 않더라도 모든 존재는 힘껏 자신의 삶을 살아간다. 그렇다면 시인이 "짐승처럼 온몸의 내장을 쏟아"(「폭포」)붓는 사랑은 어떤 의미가 있는 것일까? 질문의 답은 시인이 스스로 내리고 있다. 비는 "아주 맛있게" 내리며, 꽃은 "황홀"에 취하며, 바람은 "따뜻한 손길"로 모든 것을 쓰다듬는다. 사랑이 가져다주는 변화치고는 그리 크지 않아 보인다. 이를 위해 시인이 기입하는 고통을 생각해보면 오히려 균형을 이루지 못하는 것처럼 보이기도 한다. 하지만 시인은 개의치 않는다. 상기한 바와 같이 변화는 언제나 가장 작은 것에서 시작되기 때문이다. 아무도 주목하지 않는 곳에서 시작된 촛불 하나의 미약한 흔들림이 오늘의 한국을 바꾼 것처럼 시인 또한 주변의 자리에서 "사랑의 이름으로" 세계를 바꾸기 위한 움직임을 시작한다. 그리고 이 움직임은 이제 곧 누군가와 공명하려 한다. 이를 통한 정동의 연쇄가 일어날 때 세계는 아주 조금이라도 분명히 변화한다. 이 변화의 폭이 바로 세상을 바꾸는 벌레 한 마리의 사랑이다.

삶창시선